Antonio en el país del silencio

Mercedes Neuschäfer-Carlón
Ilustrado por Ángel Esteban

Hace unos años, no demasiados, muchos españoles tenían que marcharse a otros países en busca de trabajo. En España no había suficiente.

De ahí que gran cantidad de ellos, con sus cuatro cosas en una maleta, se marcharan a Francia, Inglaterra, Holanda, Bélgica, Alemania…, lugares que necesitaban gente para trabajar y que, además, ofrecían buenos sueldos.

Sin embargo, era muy duro: no siempre se les trataba bien, su familia estaba lejos… Por ello, trabajaban y ahorraban para poder traerse a los suyos a su lado.

Fue entonces cuando muchos niños españoles iniciaron largos viajes. Al principio fue difícil adaptarse a las costumbres del lugar. Pero si eran buenos chicos, listos y trabajadores, como Antonio, el protagonista de este libro, no hay duda de que el nuevo país ganaba con tenerlos.

Hoy los españoles no necesitamos salir de nuestra patria para poder vivir, sin embargo, gentes de otros lugares más pobres vienen a España con la esperanza de poder tener una vida más digna que en sus países.

A nosotros nos toca ahora darles el apoyo y la comprensión que tanto necesitan.

LA CARTA AZUL

Tonio, ya sabes, nada más terminar el colegio, corre para casa. Hoy no te distraigas por ahí —le despidió su madre.

—Sí, mamá, ya lo sé.

Desde hacía varias semanas, Antonio tenía que pasar con su madre por el Ayuntamiento.

El asunto había empezado cuando llegó la carta con sobre azul. La madre, sola en casa, se echó a temblar. Aquellos sobres no traían nunca nada bueno. La abrió; pero no podía entender lo que decía. Debía esperar a que Antonio volviese del colegio.

La carta era corta. Antonio se la tradujo:

—Dice que tenemos que pasar por el Ayuntamiento para un asunto de nuestro interés. Por el departamento 415.

—De nuestro interés, de nuestro interés —repitió la madre con cierta burla—. Ya veremos a qué llaman ellos nuestro interés.

Al día siguiente, y por primera vez, Antonio fue con su madre al Ayuntamiento.

El señor del Negociado les comunicó que iban a derribar la casa en la que vivían.

—¡Dios mío! Y ahora encima nos tiran la casa. Lo que nos faltaba —se lamentó la madre cuando se lo tradujo Antonio—. Y ¿adónde voy yo con tres chiquillos? Dile, Antonio, que yo no me voy, que me pueden tirar a mí también con la casa, a la basura. Anda, ¡díselo! —Antonio se calló. Le daba vergüenza traducirlo. Pero la madre le empujaba—. Anda, ¡díselo!

Antonio lo tradujo, pero sin decir lo de la basura:

—Mi madre dice que adónde va ella con tres niños. Que ella no se marcha.

La madre, con fuego en los ojos y con un brazo en jarras, esperaba la reacción del funcionario. Pero el señor del Negociado se quedó tan tranquilo.

—Dile a tu madre que os buscaremos algo, algo mejor. La casa donde vivís está en ruinas y hay que tirarla. Dile que no se preocupe.

Pero la madre, a partir de aquel día, apenas pudo dormir. La pobre no había tenido demasiadas buenas experiencias en su vida.

—Ahora que nos empezaba a ir un poco mejor con la casa barata… Ya me extrañaba a mí que no nos llegara la gorda, como siempre —se lamentaba.

Antonio volvió algunas veces más con su madre al Ayuntamiento y el señor calvo del Negociado tenía siempre, de verdad, alguna cosa para ellos.

Por la tarde, iban a ver la casa con el padre y las dos niñas, la pequeña empujada en su cochecito de bebé. A Antonio y a su hermana Isa les gustaban todas más que en la que vivían.

Pero la madre siempre encontraba alguna pega.

—¿Y cómo vais a ir al colegio? ¿Y papá cómo irá a la estación para llegar al trabajo? ¿Y yo a la compra? Hay por lo menos media hora hasta el supermercado; y de vuelta, cargada, cuesta arriba. Esta casa es para los ricos, que tienen coche.

O bien:

—¿Qué se cree el señor ese de la oficina?, ¿que cinco personas caben en dos habitaciones? En una duerme papá, cuando viene del turno de noche; en la otra grita la pequeña y ¿dónde hacen Antonio e Isa los deberes?

O bien:

—¿Sabéis lo que cuesta? Aunque nos rebajen algo del impuesto, quedan todavía más de cuatrocientos marcos y ¿de dónde los sacamos nosotros? Que me lo diga el calvo ese del Negociado, ¿de dónde los sacamos?

Y Antonio tenía que volver con su madre al Ayuntamiento y decir que no.

—Madre, el señor se va a enfadar un día y no nos va a buscar ya más casas —le advertía.

Pasó algún tiempo sin noticias. La madre andaba bastante mal de los nervios. Por fin llegó otra carta de sobre azul. Antonio se la tradujo:

—Dice que esta vez tiene algo que nos va a gustar. Es una casa antigua con cuatro habitaciones, cocina, baño y balcón. Cerca de la estación y del colegio. Aquí pone la calle. ¡Y cuesta sólo doscientos cincuenta marcos! —terminó triunfante—. ¡Hurra, hurra! —Antonio saltaba por la cocina con la carta en la mano.

* * *

Después de comer fueron a verla. El edificio estaba negro por fuera y su piso, un quinto sin ascensor, tenía el empapelado sucio y roto. Pero la madre estaba encantada.

—Ésta sí que es una casa: habitación para las niñas, habitación para Antonio, dormitorio para nosotros, sala de estar, cocina grande y baño. La escuela está apenas más lejos que antes. Y la estación, más cerca. La limpiamos un poco, se le pone papel bonito y ¡ya está!

Más tarde, de vuelta a casa:

—Se parece mucho al piso de don Enrique —comentaba la madre emocionada.

Don Enrique era el señor de la casa en que ella había servido, antes de casarse, en Madrid.

Todos volvieron contentos; pero, cuando estaban cenando, la madre comenzó a temer:

—¡Ay Dios! ¿Y si nos la quitan? Ya veréis como, cuando vayamos mañana, ha volado. No vamos a tener nosotros tanta suerte. Ya veréis.

A la madre de Antonio le gustaba imaginar que le iban a ocurrir desgracias. Con el deseo, claro está, de equivocarse. Y de que si sucedían, le quedase al menos la satisfacción de poder decir: "¿No tenía yo razón?"

Como había prometido, Antonio volvió deprisa aquel día del colegio. Su madre le esperaba, nerviosa, ya en el portal.

Al subir las escaleras del Ayuntamiento temblaban los dos. Tuvieron que esperar.

—Ya verás como éstos nos la han quitado —decía la madre después, mirando con odio al matrimonio que salía del Negociado.

Pero el señor les recibió sonriente.

—¿Qué? ¿Qué dice ahora tu madre? Os busqué algo bueno ¿sí o no?

Antonio, dice que sí, que muchas gracias.

—*Vielen Dank*! —dijo ella misma, en alemán.

—*Vielen, vielen Dank*! —añadió Antonio por su cuenta.

El hombre sonrió contento también; pero luego se puso serio:

—En esa casa vive sólo gente ordenada: un empleado de aquí, del Ayuntamiento, un maestro jubilado, la viuda de un policía... Ningún extranjero. Y no quiero que tengamos problemas. Espero que ustedes se porten bien. Nada de gritos en casa y menos en la escalera. Mucha limpieza y mucho orden.

Francisca, la madre de Antonio, asentía muy seria con la cabeza a lo que su hijo le iba traduciendo.

—¡Pues claro que sí!, pues no faltaba más, señor. No tendrán queja de nosotros, ya verá.

El señor del Negociado escuchaba atento. Parecía, incluso, que había comenzado a entenderla.

LO QUE PIENSAN LOS VECINOS

Los vecinos de la casa, sin embargo, no se habían alegrado con la noticia de la llegada de la familia extranjera.

Por ejemplo, el señor Baumann, el del tercero, maestro jubilado de setenta y dos años, un señor en el fondo bastante bueno y razonable, pensaba: "Parece que el piso de arriba van a alquilarlo a trabajadores extranjeros. Mañana me acercaré al Ayuntamiento a ver si puedo arreglarlo. Aunque sea, alquilo yo el piso, o mejor lo alquilamos entre todos los vecinos. Doscientos cincuenta marcos entre nueve vecinos que somos son poco más de veinticinco, que a nadie le duelen. Y, además, se puede usar el piso para secar la ropa en invierno y para colocar algún trasto. ¡Y con chiquillos encima! No sé en lo que se va a convertir esta casa: gritos aquí, gritos allá, suciedad y barullo en la escalera. La verdad, con esto no contaba yo para mi vejez".

Y dos días más tarde:

"Pues vienen. No hay nada que hacer, y si no fuera porque vienen a nuestra casa, tendría que reconocer que el del Negociado tiene razón. A los pobres les tiran la casa. Tres niños y un sueldo pequeño, ¿adónde van a ir? Dice el señor Klein que es una familia buena y ordenada. Al chiquillo mayor le conoce porque va siempre con la madre al Ayuntamiento y le parece un gran muchacho; pero... ¿no habrían podido buscarles una casa con gente más joven? Uno, a esta edad, necesita ya cierta tranquilidad.

Desde hace dos meses, la familia de Antonio vive en la nueva casa. Al principio, hubo muchas cosas que arreglar, pero los de la colonia española les ayudaron. Manolo, el taxista, que además era fontanero, les puso en orden las cañerías. Pepe, el sevillano, les arregló las persianas. Y, en colaboración con la familia del tío Ramón, la empapelaron.

Ahora la encuentran todos muy bonita con su empapelado de colores brillantes, alfombras en el cuarto de baño y armarios azules en la cocina.

El primer día, subieron los del tío Ramón hablando fuerte por la escalera y Francisca les riñó.

Ahora, como las visitas lo saben ya, cuando llegan al portal, van de puntillas y poniendo el dedo ante la boca, diciendo:

—Sshh, sshh, en la casa de Francisca hay que estar como en misa, sshh, sshh... silencio —y se ríen de manera burlona, pero sin hacer ruido.

Los niños mayores, Antonio e Isabel, suben y bajan muy formales las escaleras y pocas veces gritan en casa. Sólo la pequeñina arma a veces un berrinche gordo.

—¡Calla, condenada, que por tu culpa nos van a echar! —le riñe la madre, muy nerviosa.

Su marido, en cambio, se queda tan tranquilo:

—Mujer, ¿no ves que no te entiende? No vamos a cerrarle la boca con esparadrapo…

*　*　*

Algunos vecinos comienzan a saludarles amablemente al encontrarse con ellos en la escalera y comentan contentos lo sociables que se están haciendo. Luego cuentan:

—Pues vive ahora en nuestra casa una familia de trabajadores extranjeros. Al principio nos temíamos lo peor; pero ha resultado ser una gente bien limpia y ordenada. Ya quisieran muchos de aquí ser como ellos. Y los chiquillos son preciosos. Da gusto mirarles.

—La otra casa, la verdad, era una porquería, una verdadera porquería. Ni baño, ni entrada decente: de la puerta ibas a la cocina directamente y hasta ratas teníamos en el sótano. ¡Qué gente, además, vivía allí! —dice Francisca ahora.

Solamente el matrimonio del segundo les saluda con cierta reserva todavía y la del primero procura no saludarles. Si ellos le dicen *Guten Tag* (buenos días), contesta mirando para otro lado: *Tag* (día).

Isabel, la hermana de Antonio, de ocho años, que es la mar de lista y tiene además mucha gracia, la imita muy bien: aprieta un poco los labios, estira el cuello, sube las cejas y, mirando hacia otro lado, dice con voz importante: *Tag*. Y todos se mueren de risa.

A los dos días de vivir en la nueva casa, cuando Antonio volvía del colegio, le adelantó Matías.

Matías iba al mismo instituto que él.

—¿Adónde vas tú por aquí? —le preguntó.

—A casa. Ahora vivimos en otro sitio.

Antonio y Matías caminaron un rato juntos. Estaban hablando del último partido de la Copa de Europa, cuando se pararon frente a un portal.

—¡Hasta mañana! —dijeron los dos a la vez mientras entraban al portal.

—¿Pero, tú vives aquí? —preguntó Antonio.

—Sí, ¿y tú? —quiso saber a su vez Matías.

Antonio asintió.

—Entonces eres tú de la familia… —por la cabeza de Matías pasó lo que sobre ellos había escuchado en casa; pero no lo dijo. Matías era hijo de la señora *Tag*.

—¡Qué bien, chico! —continuó—. Así no tengo que ir y venir siempre solo.

Matías y Antonio se hicieron amigos. Matías admiraba a Antonio por lo bien que corría y jugaba al fútbol. Matías, en cambio, estaba un poco gordito y no se movía muy bien.

Sin embargo, la madre de Matías no veía con buenos ojos esta amistad. Cuando subía por la escalera con Matías y se tropezaba con Antonio, tiraba de su hijo:

—Anda, Matías, que tenemos prisa —decía sin dirigir la mirada a Antonio.

Matías había estado ya tres veces en el piso de Antonio. Cuando llamaba a la puerta, Francisca le abría sonriente:

—¡Pasa, hombre! —y su amigo le llevaba enseguida a su cuarto.

En cambio, si Antonio iba a casa de Matías, la madre se plantaba en el umbral y decía sin expresión en la cara y con una voz sin tono: "No está" o "Está haciendo los deberes" o "¿Es que no sabes que *aquí* se cena a las seis y media?" (con el *aquí* bien recalcado). O "Tenemos visita, adiós". Y, sin más, cerraba la puerta.

—Pues no vayas a su casa —le dijo su madre cuando lo supo. Si él quiere algo de ti, que venga a buscarte. Tú no vuelvas a llamar a su puerta, ¡ea!

Y, a partir de entonces, era Matías el que subía.

Casi todos los fines de semana se quedaba Antonio sin amigo. Matías se iba de excursión en coche con sus padres.

Los domingos por la mañana, Antonio jugaba al fútbol con su equipo. Por la tarde, si no hacía muy mal tiempo o sus padres no estaban cansados, la familia iba a dar un paseo por el bosque. En caso contrario, la tele era la solución. La tele estaba encendida sin interrupción desde las dos de la tarde hasta pasadas las nueve. Y así terminaba el día de fiesta, con la cabeza tonta y de mal humor de tanto mirar y mirar.

* * *

El señor Baumann subía las escaleras con dos pesadas bolsas.

—¿Le ayudo? —preguntó Antonio servicial.

El señor las dejó en el suelo de la escalera y le miró sonriente.

—¿No serán muy pesadas para ti? —le dijo. Su respiración era jadeante.

—¡Qué va! —respondió Antonio, cogiéndolas con ligereza como si apenas pesaran, y comenzó a caminar escalera arriba.

—¡Demonios, tiene fuerza el chaval! —dijo asombrado el anciano.

La verdad era que pesaban bastante, pero Antonio quería demostrar que era fuerte. Cuando llegó al tercer piso y las dejó frente a la puerta con el letrero dorado que decía "Hans Baumann", tenía él también la respiración agitada.

—Anda, pasa un momento. Tengo un bizcocho de nuez muy rico. Luego, en cuanto quieras, te puedes ir.

Antonio dudó un momento; pero como no se le ocurrió ninguna buena disculpa, entró. Lo hizo con un poco de miedo. El piso era algo más elegante que los que él conocía. Al cabo de un rato, sin embargo, se encontró allí la mar de bien. El señor Baumann le había traído un refresco y él bebió una taza de té. El pastel de nuez estaba, de verdad, muy bueno.

Charlaron un rato. Antonio, al principio, no se atrevía apenas a hablar. Contestaba solamente cuando se le preguntaba. Poco a poco fue soltándose y, al final, hablaba con el señor Baumann como con un amigo. O no: mejor todavía.

—Mira, cuando tengas ganas, te pasas por aquí. Llamas y ya está —dijo el señor Baumann al despedirse.

Pero luego se quedó extrañado y un poco asustado de lo que había dicho.

Antonio, en cambio, tomó al pie de la letra el ofrecimiento.

A partir de aquel día se pasaba con frecuencia por allí. Si tenía alguna dificultad con los deberes del

colegio, iba abajo para que el señor Baumann se los explicara. Y luego se quedaba un rato. Algunas tardes veían juntos la televisión. Unas veces tocaba el programa de los niños, otras el de los mayores. Después los comentaban. También escuchaban música y charlaban.

Antonio contaba cosas de España, de su familia y de sus amigos.

El señor Baumann le hablaba de los viajes que había hecho.

—Si te cuento algo que te resulta aburrido, debes decírmelo. Los viejos somos a veces bastante pesados.

Pero las historias del señor Baumann no eran aburridas y, su manera de contarlas, menos. No era de esos viejos que se creen divertidos y cuentan tan mal historias que un chiquillo, al oírlas, no puede imaginarse apenas nada.

El señor Baumann no hablaba de la guerra, aunque había vivido ya dos. En la primera, era un niño todavía. En la segunda, había tenido que ser soldado y disparar. Y de ello prefería no acordarse. Solamente cuando Antonio le preguntó un día: "¿Estuvo usted en la guerra?", no le contó ninguna 'batallita'; sólo dijo:

—Escucha, Antonio, la guerra es frío y hambre. La guerra es miedo, terrible miedo por las noches a no sobrevivir el día siguiente. La guerra es no saber lo que va a suceder en el próximo momento ni cómo ni cuándo terminará aquella enorme cantidad de desastres —hizo una pausa y añadió luego—. Y las victorias, las llamadas y cantadas victorias, significan destruir a los otros; dejar madres sin hijos; hijos sin padres; soldados terriblemente destrozados en los hospitales. No quiero hablar ya más de la guerra. Sólo decirte, Antonio, que Dios quiera que no tengas que vivir ninguna.

Le gustaba, en cambio, hablar de cosas que interesan también a los chicos: juegos, fútbol, marcas de atletismo. Y lo mejor era, cuando ya se conocían bien, las historias que se inventaba.

Historias divertidas, historias de suspense en las que Antonio podía intervenir también; pero tenía que reconocer que las ideas del señor Baumann, casi siempre, eran las mejores.

Cuando estaba con él, Antonio se olvidaba de la tele —menos cuando había un partido emocionante, ¡claro!

Durante los fines de semana pasaba siempre un buen rato en casa del señor Baumann y, así, no terminaba con la cabeza atontada ni de mal humor de tanto mirar la televisión.

* * *

El señor Baumann tenía un nieto de doce años, casi de la misma edad que Antonio: Oliver.

Al nacer Oliver, su primer nieto, el abuelo puso en él la misma ilusión que casi todos los abuelos. Y cuando sus padres hicieron un viaje a América, dejaron al niño en casa del abuelo. Tenía Oliver entonces dos años y medio y el señor Baumann y su mujer, que vivía todavía, fueron muy felices con el pequeño.

Más tarde, cuando el abuelo se quedó solo, soñaba siempre de nuevo con que el nieto volviera a pasar una temporada en su casa. Él estaba ya jubilado, tenía tiempo y se imaginaba jugando con Oliver, inventándose historias para él, haciendo paseos y excursiones juntos.

Pero Oliver no volvió.

Le veía, además, muy pocas veces, porque sus padres vivían lejos, en el norte, a muchos kilómetros de allí.

Solamente en una o dos ocasiones al año, pasaban unas horas en su casa. En invierno, cuando iban camino de los Alpes. En verano yendo hacia Italia o España.

—¿No os quedáis a dormir aquí esta noche? Tengo bastantes camas para todos…

—No, no podemos. Tenemos ya reservado el hotel en Francia.

—¡Ah! Entonces, claro —decía el abuelo, resignado.

—¿Cuándo nos vamos, papá? —preguntaban Oliver y su hermana pequeña Nicole a cada momento, inquietos.

—Tenemos que estar un poco con el abuelito todavía, ¿eh?

Y los chiquillos se quedaban de mala gana, aburridos, deseando dejar al abuelo y llegar cuanto antes a la nieve o a la playa.

"Es natural" pensaba el señor Baumann sin querer ponerse demasiado triste, "los niños…".

Antonio y Matías se veían poco últimamente. Iban y volvían bastantes veces juntos de la escuela, eso sí; pero la madre de Matías procuraba separarles. Los días en que su hijo no iba a clase de guitarra, le llevaba, después de hacer los deberes, a casa de una amiga que tenía hijos de su edad.

Una mañana, al volver del colegio, dijo Matías a Antonio con voz que pedía perdón:

—Vamos a irnos a vivir a otra casa. Nos hemos construido un chalet para nosotros solos; pero yo no quiero irme ahora que tú vives aquí.

—¡Qué rabia! ¿Por qué os vais? Di a tus padres que prefieres quedarte en casa.

—Ya se lo dije; pero como si nada. Mi madre está loca por irse. A ella no le gusta vivir con tanta gente y mi padre dice que allí puede colocar bien el dinero y ahorrar impuestos.

Antonio no entendía lo de colocar el dinero. Matías tampoco se lo pudo explicar.

Lo único que los dos sabían era que estaban tristes por tener que separarse.

EL VIEJO TRINEO

Un día cayó una gran nevada.

—Creo que tengo en el sótano todavía un viejo trineo —dijo el señor Baumann a Antonio.

Bajaron a buscarlo y, efectivamente, allí estaba en una esquina, lleno de polvo y olvidado. Tuvieron que trabajar un poco en él, hasta que quedó limpio y bonito. Era un trineo antiguo, más grande y distinto a todos los demás trineos que había por el barrio. Tenía respaldo curvo para apoyarse y unos preciosos cojines. Un verdadero "oldtimer".

Decidieron ir juntos a una estupenda pista que había en el bosque, a pocos kilómetros de allí.

Cuando estaban metiendo el trineo en el coche del señor Baumann vieron a Matías, que volvía de su clase de guitarra.

El chico se quedó mirándoles sin atreverse a decir nada.

—¿Quieres venir con nosotros? —le preguntó Antonio.

—Voy a casa a dejar la guitarra —contestó Matías—. Ahora mismo vuelvo.

—Tráete entonces también tu trineo —le pidió el señor Baumann.

El trineo de Matías era un trineo corriente, como todos.

Llegaron al bosque. Había mucha gente por los alrededores de la pista. Muchos se quedaban mirando el trineo del señor Baumann, que era como un bonito y cuidado coche de los años veinte.

La pista era estupenda de verdad y daba gusto deslizarse por ella. Los chicos lo pasaron muy bien. El señor Baumann no pudo resistir la tentación y, al final, se montó con ellos.

Hicieron un tren, uniendo los dos trineos con una cuerda. Delante, en la locomotora, iban sentados el señor Baumann y Antonio. El primero era el maquinista y el segundo su ayudante. En el vagón que les seguía, coche-cama de un expreso de lujo, iba Matías muy cómodamente recostado sobre los mullidos cojines.

Al regresar al coche, se encontraron con un señor que iba también con niños. Se acercó a saludar:

—¡Cuánto tiempo sin verle, señor Baumann! ¡Pero qué bien está usted! —dijo. Y era verdad. Con el

ejercicio y el aire de la nieve y el sol, tenía muy buen aspecto.

El señor Baumann charló un buen rato con aquel señor de espesa barba al que, a pesar de tener por lo menos cuarenta años, trataba de tú y llamaba Helmut.

Entretanto, Antonio y Matías volvieron a deslizarse por la nieve con los otros chicos.

Cuando se despidieron, el señor Baumann les explicó no sin un poco de orgullo:

—Fue alumno mío cuando tenía vuestra edad. Ahora es un conocido abogado.

El señor de la barba parecía haberse alegrado también con el encuentro y daba la impresión de que recordaba con alegría aquel tiempo en la escuela del señor Baumann.

* * *

Desde la muerte de su mujer, el señor Baumann había vivido triste y algo apartado de la gente. Salía poco; "¿para qué?, ¿quién tiene ganas de ver a un viejo?", pensaba. A veces se paseaba solo con preferencia por lugares apartados, para tomar un poco el aire y el sol.

Leía mucho, en cambio. Ésa era su vida. Y también esperar, por las mañanas, la carta de la hija que vivía en los Estados Unidos y, los sábados por la tarde, la llamada telefónica de los de Lübeck que a veces no sonaba.

Cuando conoció a Antonio sintió deseos de ayudarle. El chico parecía listo y no había en su casa quien pudiera echarle una mano en las tareas del colegio. Pero también tuvo miedo de crearse una obligación que, a lo mejor, se le venía encima. Sin embargo, pronto empezó a estar contento de hacerlo, "a ver si sacamos algo bueno de este chico", y pensaba que Antonio se encontraba muy a gusto en su casa.

Y, además, ahora comenzaba a darse cuenta de que Antonio le ayudaba también a él. Desde que le conocía estaba más animado. Al volver de la nieve, hasta contento.

El encuentro con su antiguo alumno le había dado alegría. A lo mejor lo que había pensado no era del todo verdad. Quizá había aún gente a la que no le disgustaba verle.

¿QUÉ SUCEDE EN CASA
DE LA SEÑORA *TAG*?

Un día, Matías no fue al colegio. Por la tarde, cuando Antonio se decidió a pasar por su casa para preguntar por él, la señora *Tag*, como la llamaba la familia de Antonio, le dijo de mal humor:

—Está enfermo —y cerró enseguida la puerta.

Antonio se dio cuenta de que había llorado. Tenía los ojos enrojecidos y los párpados un poco hinchados.

Al día siguiente no se atrevió a volver a preguntar. Y al otro, Matías volvió a ir al colegio.

Matías, que siempre había hablado poco, hablaba ahora menos aún. Parecía triste y desanimado.

Fue Isabel quien se lo dijo. Isabel era amiga de la hija de una señora que conocía bien a la señora *Tag*. Y fue lo primero que Isa contó al llegar a casa. Francisca se alegró:

—Le está bien empleado a esa estúpida por darse tanta importancia —dijo.

Antonio tuvo sentimientos mezclados y en cierta medida –tampoco era un santo– experimentó una rara alegría.

Con Matías no habló de ello, pero, desde que lo supo, le veía "de otra manera"; no le gustaba ya mucho ser su amigo.

Una tarde subió Matías inesperadamente a casa de Antonio. Éste estaba solo y miraba la televisión. Después de los dibujos animados, comenzó una película. Trataba de un hombre muy bueno, que quería mucho a su mujer y a sus hijos. Por ellos –la familia era pobre y pasaba hambre y necesidades– había robado en un supermercado. Más tarde tenía que ir a la cárcel.

—Como mi papá —dijo Matías en voz baja.

—Como tu papá ¿qué? —preguntó Antonio, que quería que el mismo Matías se lo contara.

—Que mi papá se va a tener que ir, a lo mejor, también a la cárcel —la voz de Matías temblaba un poco—. Mi papá no robó en el supermercado, pero algo pasó en el negocio y... No se lo cuentes a nadie.

Antonio no le dijo que él ya lo había oído, porque el pobre Matías debía de creer que nadie lo sabía.

La película continuaba. Ahora daban mucha pena también la mujer y los hijos de aquel hombre. A la mujer casi nadie la saludaba ya; a los niños les hacían burla otros compañeros en la escuela.

Cuando terminó la película Antonio tenía humedecidos los ojos. Matías no; pero su cara estaba roja y en su mirada había algo de terror.

—¿Vas a dejar de ser mi amigo? —preguntó.

De pronto, Antonio no veía ya a Matías de otra manera. Al contrario, hasta le quería más.

—No, hombre, no. ¿Cómo voy a dejarte? Tú no tienes la culpa.

—Mi papá tampoco; papá es muy bueno, de verdad. La abuela dice que la culpa es de mi madre, que siempre quiso gastar más y más… Yo no sé. ¡Ay, pobre papá! —Matías comenzó entonces a llorar.

Antonio no sabía muy bien qué hacer ni qué decir.

* * *

Cuando Matías se hubo marchado, Antonio empezó a pensar. Entre el padre de Matías y el señor de la película había, desde luego, diferencias. La película tenía lugar en un país en el que la gente pasaba hambre y necesidades. Matías y su familia, no.

Pero con Matías no tenía nada, absolutamente nada que ver.

La cosa estaba clara. Él seguía siendo su amigo.

MATÍAS SE UNE AL GRUPO

Estaba Antonio preparando el examen de matemáticas en casa del señor Baumann. Tenía la cara roja y la cabeza pesada de tantos números y de tantas cosas que había que hacer con aquellos malditos números.

—Se acabó —dijo de pronto, decidido, el señor Baumann—. Ahora hacemos una pausa. Vente conmigo a la cocina. Vamos a freír frisuelos para merendar.

A Antonio le gustaban mucho los frisuelos. Y hacerlos le gustaba también. Ya los habían hechos juntos otra vez y era la mar de divertido. Sobre todo aquello de darles vuelta en el aire. Los hacían delgados y muy crujientes y luego les ponían encima azúcar, mermelada o crema de chocolate.

Iban ya a dar la vuelta al penúltimo cuando llamaron a la puerta:

—Anda, Antonio, abre tú.

Era Matías. Llegaba con miedo. Su madre no le dejaba que fuese así, sin más ni más, a casa de los vecinos. "No se puede andar molestando. Eso lo hace sólo la gente como ésa de arriba."

—Pasa —le dijo Antonio con naturalidad, como si estuviese en su propia casa—. Y siéntate un momento que estamos terminando de hacer frisuelos.

El señor Baumann llegó entonces:

—¿Tienes ganas tú también? —preguntó a Matías.

Aunque a su madre no le hubiese gustado, Matías, que se relamía ya, dijo que sí.

—Muy bien. Pero primero vas a hacer, mientras nosotros terminamos, quince flexiones de rodillas, que estás un poco gordito, amigo. Mira, así —y el señor Baumann que estaba bien entrenado, pues todas las mañanas hacía veinte, le enseñó cómo se hacían.

Matías sudaba, pero pronto llegó una estupenda fuente de frisuelos y tres vasos de leche fría.

* * *

Casi todas las cosas malas tienen su lado bueno y lo del padre de Matías lo tuvo también.

En primer lugar, no se fueron a vivir a la nueva casa y, en segundo, su madre empezó a trabajar por las tardes y Matías podía verse mucho más con Antonio.

Y el señor Baumann comenzó a encargarse también de él. En su casa, los chicos hacían muchas veces los trabajos del colegio y luego solían pasear los tres juntos.

El señor Baumann estaba en muy buena forma y cuando andaba deprisa a los chicos les resultaba difícil seguirle, sobre todo a Matías.

Después de un rato, se sentaba en un banco y les organizaba juegos y carreras de entrenamiento.

A Matías le daba siempre varios metros de ventaja para que tuviese la posibilidad de llegar alguna vez el primero y así Antonio tenía que esforzarse para ganar. Y cuando Matías lograba llegar antes que su amigo se alegraba como si hubiese ganado de verdad.

Con frecuencia se encontraban con personas que saludaban al señor Baumann. Éste se había vuelto otra vez más comunicativo y disfrutaba con las charlas y los encuentros.

Unos eran señores de su edad, poco más o menos; otros, colegas de la escuela más jóvenes y, muchos, antiguos alumnos. Con éstos bromeaba, a veces, sobre cosas que habían sucedido treinta o cuarenta años atrás. A Matías y Antonio les costaba trabajo imaginar cómo podía haber pasado tantísimo tiempo.

Luego el señor Baumann comentaba:

—Mirad, ésta es la señora Stalter. Es una estupenda médica de niños.

O bien:

—Ése es el señor Harig, un escritor. ¿Habéis oído hablar de él? Escribe muy bien. También escribe, a veces, en el periódico de aquí.

Pero lo que más emocionó a los chicos fue cuando se encontró con Bauer, alumno suyo también. Ése no hacía falta que les dijese quién era, le conocían bien: Rudi Bauer era el portero del equipo de primera división de la ciudad.

* * *

Se acercaba el final del curso y también la fecha del *Sport-fest* (Festival del Deporte). El señor Baumann se empeñó en conseguir dos cosas: que Antonio resultase el

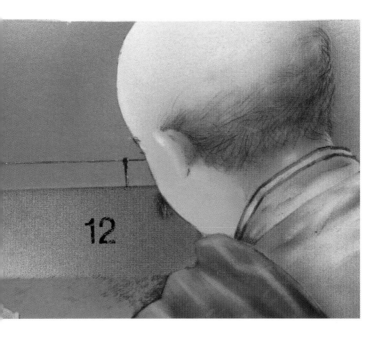

vencedor de su instituto, y con ello, le representase en los campeonatos juveniles de la ciudad; y que Matías no fuese de los últimos de la clase. El pasado año había quedado el último, lo que no le daba demasiado prestigio ante sus compañeros.

El señor Baumann, Matías y Antonio empezaron a ir casi todas las tardes a un campo de deportes cercano a su casa.

Allí los chicos hacían carreras que el señor Baumann medía con su cronómetro. Se entrenaban en salto de longitud. Y, con ayuda de una soga que llevaban, en salto de altura también.

—¡Estupendo, Antonio! Tres centímetros más que en tu mejor salto hasta ahora.

—Concéntrate bien, Matías. Esta vez tienes que saltarlo. Ya verás… —le animaba el señor Baumann.

También les daba consejos sobre cómo podrían hacerlo con más éxito. Matías iba mejorando notablemente sus marcas. Y Antonio… ¡Antonio tenía ya posibilidades de quedar campeón!

El señor Baumann llevaba consigo *Gummibärchen* (ositos de goma), unos caramelos masticables chiquitines de muchos colores transparentes: rojos, verdes, amarillos, ámbar, anaranjados, que chupaban con mucho gusto después de hacer esfuerzos.

Y había prometido que los tres juntos celebrarían por todo lo alto el Festival. Ya tenía pensado el señor Baumann cómo.

LA AMBULANCIA
DELANTE DE LA CASA

Una tarde volvía Antonio solo, cansado y, además, un poco desanimado de la escuela. Últimamente había descuidado el latín y aquel día les habían dado las notas del examen y la suya no era demasiado buena, desde luego.

A él no le importaba nada el latín, pero sí lo que dirían en su casa. Ni su padre ni su madre tenían la menor idea de latín y, por eso, se creían que debería de ser algo así como la llave de entrada a todas las sabidurías del mundo.

En cambio, en clase de atletismo había alcanzado una nueva marca en los setenta y cinco metros lisos.

—¡Diez coma cinco! —había gritado, el profesor, casi incrédulo, mirando el cronómetro—. ¡Fenomenal, Antonio!

Cuando se acordaba de lo del atletismo, el chico respiraba fuerte; su pecho se alegraba y en su boca aparecía una pequeña sonrisa de satisfacción y de orgullo. Pero si pensaba en el latín…

Y su madre, con lo del deporte, seguro que no se iba a apaciguar. Ya la oía:

—El latín, latín, eso es lo que a mí me interesa. Que correr… correr… corrimos todos. Para eso no te hace falta ir al instituto ni estudiar.

* * *

Al dar la vuelta a la bocacalle Antonio vio, frente a su casa, algo que siempre le había asustado y que, al verlo allí, le dejó paralizado por dentro. Era una ambulancia.

Algunos curiosos se habían reunido alrededor. Antes de que Antonio llegase a ella, se puso en marcha y se alejó.

Antonio corrió, queriendo y no queriendo llegar.

—¿Papá, mamá, la chiquitina acaso? —en tales situaciones pasaban por la cabeza de Antonio las personas que él más quería.

Al llegar oyó:

—¡Dios quiera que no sea nada!

—A esas edades todo es peligroso.

—El pobre señor Baumann, vive tan solo…

—¿Qué le ha pasado? —preguntó Antonio con temor.

—Un ataque, al parecer. Así de repente. Menos mal que tuvo tiempo de avisar a la clínica. Si no, igual le encontramos muerto ahí, después de varios días —dijo una vecina a la que le encantaban los casos tremebundos.

—Estaba, el pobre, más blanco que el papel —añadió otra a quien tampoco le disgustaban.

—¡Ojalá no tenga importancia y pronto tengamos de nuevo aquí al bueno del señor Baumann! —deseó un chico joven.

Antonio no dijo más. Subió a casa triste y preocupado. Se daba cuenta de que quería al señor Baumann.

Los primeros días, cuando bajaba las escaleras y veía la puerta con el rótulo dorado "Hans Baumann", Antonio sentía una triste presión en el pecho. Pero luego, ya en la calle, se olvidaba enseguida de ello. Porque, aunque la historia resultaría más bonita si contara que Antonio se acordaba con frecuencia del señor Baumann y sentía preocupación por él, no diría entonces la verdad. Y la verdad era que Antonio le recordaba bastante poco. ¡Tantas cosas en que pensar...! La escuela, por la mañana, los deberes, por la tarde –entonces pensaba en él, de vez en cuando, si no sabía resolver alguna cuestión–. Y después, los amigos, la tele, el fútbol, la preocupación del Festival del Deporte, que estaba ya muy próximo. Antonio y Matías estuvieron todavía dos tardes en el campo de deportes para entrenarse.

—Acuérdate de que el señor Baumann nos dijo que teníamos que tomar carrera desde aquí y que no debíamos, de ninguna manera, dejarnos caer hacia atrás —decía Matías, por ejemplo.

Pero… "¿Cómo le irá al señor Baumann? ¿No se alegraría si fuésemos a visitarle?", eso no se les ocurría decir ni pensar a ninguno de los dos chicos.

* * *

—El señor Baumann está en cuidados intensivos —había oído decir Antonio a la señora Walter, la viuda, que vivía en el piso frente al suyo.

La señora Walter estaba ahora, con frecuencia, en casa de Antonio. La madre había encontrado trabajo y la señora se ocupaba de la pequeñina a la que quería mucho. Francisca le pagaba algo, pero bastante menos de lo que ella, en ese tiempo, podía ganar y las dos mujeres estaban contentas con este arreglo.

No tanto Antonio y su hermana Isabel, porque la señora Walter mangoneaba mucho en la casa. Tenían que quitarse los zapatos antes de entrar en el piso; no podían dejar la cartera tirada en el vestíbulo; su habitación tenía que estar siempre bien ordenada. Si comían o bebían algo, debían colocar enseguida el plato o el vaso bajo el agua del fregadero. La mantequilla, a toda prisa, de nuevo a la nevera.

Y no tirar migas al suelo y no jugar con las sillas y no dar brincos sobre el sofá. Y no y no y no… *Ordnung ist das halbe Leben* (Orden es media vida), decía la señora Walter con una voz y un tono que no admitían réplica.

La casa estaba en orden, desde luego; pero sus habitantes, Antonio e Isa, no se sentían demasiado felices.

EL FESTIVAL DEL DEPORTE

La noche anterior Antonio durmió mal. Había soñado con carreras en las que él iba el primero, a buena distancia de los otros y que, poco antes de alcanzar la meta, se caía. O que sus pies, de pronto, pesaban como si fueran de plomo y no avanzaba, no podía avanzar por más esfuerzos que hacía. Soñó también con saltos fallidos y con otros increíbles: en la mitad del salto de longitud podía dar aún un paso más en el aire, que era casi un vuelo. En el transcurso de su noche inquieta se alternaron triunfos y aplausos con fracasos y desilusiones.

Durante el desayuno estaba nervioso. Tenía una inquietante sensación en la parte alta del estómago,

¡qué desagradable, caray!, y no podía estarse quieto en el asiento.

En las próximas horas iba a decidirse, en el Festival del Deporte, su puesto en la clasificación del colegio. Pensaba que, si no sucedía alguna desgracia, sería uno de los tres primeros; pero él no se conformaba con ser el segundo o el tercero. Ni siquiera si quedaba entre los primeros…

Miraba a su alrededor y pensaba que, cuando volviese a ver al mediodía todo aquello, estaría decidida ya su pobre suerte. No tenía hambre, pero debía tomar algo, necesitaba fuerzas. Sus movimientos eran incontrolados. Tenía una prisa absurda y la mantequilla, fría de la nevera, no se dejaba extender bien sobre el pan, y el pan se deshacía por el centro. Dio un golpe a la taza y un poco del cacao se fue sobre el plato y sobre el mantel también. Luego, una gota gorda de miel cayó en su pantalón.

Mientras su madre se la limpiaba con agua caliente, le decía:

—Vaya, hijo, ¡cómo estás! Ni que fueses a operarte en la Seguridad Social. Y no de la garganta o apendicitis, ¡qué va! De una operación de vida o muerte, por lo menos.

Después, dirigiéndose a la hermana le decía:

—¡Qué nervios tiene el pobre Antonio!, ¿verdad, Isa?

Isa le comprendía mejor:

—Bueno, madre, no creas. Yo estoy también algo nerviosa. Quiero que tome parte en los campeonatos de la ciudad y si hoy no sale bien, pues, anda, que se ha fastidiado todo. Antonio, hijo, no me vayas a dejar

mal, que a mis amigas les dije ya que ibas a ser el primero.

Era lo que le faltaba oír para los nervios de Antonio:

—Y a ti, ¿quién te manda meterte en mis asuntos, majadera? Mejor cerrabas el pico, tonta, requetetonta —le gritó, furioso, a su pobre hermana.

Un personaje nuevo había aparecido en la habitación. Era la pequeña que acababa de despertarse. Llegaba en camisón, caminando torpemente con los pies descalzos. Y de muy buen humor. Había oído las últimas palabras de Antonio y decía riendo:

—¡Isa, tonta, equetonta, equetonta, ji, ji!

Antonio pensaba:

—¡Qué suerte tienes tú, chiquitina, ahí tan contenta, sin preocupaciones…!

Cuando salió a la calle y comenzó a caminar, fue tranquilizándose. Tenía que fijarse en los coches, en los semáforos, en la gente que pasaba a su lado. Algún escaparate interesante también llamó su atención.

Ya casi al final del camino alcanzó a Matías. Matías había dormido perfectamente aquella noche. Estaba sonrosado y la mar de tranquilo y contento. Sabía dos cosas: primero, que aquel año había mejorado notablemente sus marcas y segundo, que peor que el curso pasado ya no podía quedar. Ésa era la ventaja –alguna había de tener ser tan malo–.

—Ya lo verás —dijo enseguida a Antonio—, tú vas a quedar el primero de la clase. Yo me conformo —siguió sonriendo—, con ser esta vez el cuarto.

Antonio le miró asombrado. ¡Vaya ilusiones que se hacía el pobre gordito!

—Empezando por la cola, ¡claro está! —continuó tranquilamente.

Los dos rieron.

Llegaron al estadio. Sus compañeros, en grupos, hablaban entre ellos.

Antonio oyó decir a Joachin:

—Corriendo no sé si me ganará; pero en el salto de longitud y en el de altura se queda a la mitad.

Sabía que estaban refiriéndose a él y también que lo que decía no era verdad. O… ¿podría serlo? Antonio comenzaba ya a no estar seguro de nada.

Bueno, si Günter, que era el otro de los tres mejores, le ganase, no le disgustaría tanto; pero si fuese el fanfarrón de Joachin…

Antonio no tenía ganas de unirse a ningún grupo y se quedó con Matías un poco apartado. Pasó a su lado Ben.

—¡Mucha suerte, Antonio! —le dijo, apretándose los pulgares, en señal de solidaridad.

Antonio le sonrió. Sabía que el pequeño Benjamín se la deseaba de verdad y se alegró de haberle ayudado alguna vez. Ahora necesitaba saber que tenía amigos.

* * *

La madre estaba planchando en la cocina cuando Antonio volvió a casa al mediodía.

—¡Ah, Antonio! Ya estás aquí. Quítate los zapatos y, por favor, no tires las cosas en tu cuarto, que hoy lo estuve poniendo en orden.

"¡Maldita sea!" Así le recibía su madre... Cuando volvía de un examen de latín, ya le oía nada más abrir la puerta:

—¿Qué? ¿Cómo te ha salido?

"Y ahora...", pensaba Antonio, desilusionado, mientras se quitaba los zapatos.

Por el pasillo puso cara de disgusto; pero, al llegar a la cocina, su madre ni le miró a la cara. Le miró sólo a los pies:

—Muy bien, así.

Antonio tenía cada vez más ganas de vengarse:

—Lo del Festival resultó una birria —dijo con voz monótona—: quedé el sexto.

La madre le miró un segundo a la cara y siguió planchando.

—Bueno, hombre, si en las otras cosas traes buenas notas... Ya sabes que lo de correr no me importa. Más que corría mi hermano Paco y mira *pa* lo que le valió, que anda ahora picando piedras.

—¡No me fastidies!, ¿que llegaste, de verdad, el sexto? —le dijo Isa desde el cuarto de baño. Pero cuando miró a su hermano a la cara, dijo con esperanza a la madre—: No le creas, tonta, que es mentira.

Antonio rió, satisfecho:

—Quedé el primero en salto de altura, en el de longitud y en los setenta y cinco metros lisos —dijo triunfante.

—¡Hurra, hurra! —su hermana le abrazaba bailando y saltando—. ¿Lo ves tonto? Si ya te lo decía yo…

La habitación parecía otra a la de la mañana. Todo lo que veía Antonio a su alrededor se había vuelto luminoso y alegre.

* * *

Dos pisos más abajo había llegado también Matías a casa.

—¿Otra vez el último, Matías? —le preguntó, con voz aburrida su madre.

—¡Que te crees tú eso! Siete, ¡siete!, ¿me oyes?, quedaron detrás de mí.

—Eso está muy bien, pero que muy bien. Cómo se va a alegrar tu padre.

ANTONIO EN LOS PERIÓDICOS

A los pocos días se celebrarían los campeonatos de la ciudad y Antonio iba como representante de su colegio. Isa sabía esta vez lo que tenía que decir a su hermano:

—Tú, tranquilo, Antonio. Todos los que vais sois ya buenos de verdad. Si tú quedas entre los mejores, pues muy bien; pero, de todas maneras, ya has demostrado que tienes gran clase. ¿No?

Antonio no estaba tan nervioso. Sus marcas habían sido un triunfo en el Festival del Deporte. Si ahora conseguía un buen puesto, ¡estupendo! Pero era ya el mejor del colegio.

Su padre se había alegrado mucho cuando, al volver del trabajo el día del Festival, supo el éxito de Antonio. Pero la tarde de los campeonatos de la ciudad, hasta su madre esperaba con interés el resultado.

Y es que se había enterado por la señora Walter de que los campeones salían en el periódico. Y eso, eso sí que le haría muchísima ilusión. Ver a su Antonio retratado en el diario, y su nombre y apellidos escritos allí en letras de molde.

Pero Antonio tardaba demasiado en volver. Era más tarde de la hora que dijo que regresaría. Todos comenzaron a estar inquietos.

—¿No le habrá pasado algo al chaval? Mira que si se rompió una pierna saltando… —dijo el padre preocupado.

—¡Calla, calla, calla! —le gritó, furiosa, la madre como si porque el padre lo dijera fuese a suceder.

Hubo un silencio. Luego comenzó ella misma a decir con voz preocupada:

—¡Dios mío! Que no le haya ocurrido nada a nuestro Antonio… Padre nuestro…

Casi en aquel mismo momento se oyeron pisadas fuertes y precipitadas por la escalera. ¿Sería…?

Todos corrieron a la puerta. Subían Antonio con Matías. Y no había más que mirarles a la cara.

Matías fue el que informó:

—*Antonio ist im Weitsprung Zweiter geworden. Im Hochsprung, Dritter. Und im Funfundsiebzig-Meterlauf, Erster. Der erste von allen!* —dijo triunfante.

A Matías, aunque era tranquilo y hasta un poco parado, le salía el entusiasmo por los poros. Pero la única que le entendió fue Isa, que comenzó a saltar de

alegría. Silvia, la chiquitina, palmoteaba e intentaba saltar también.

El padre y la madre habían entendido que algo bueno había sucedido.

—¡Habla en cristiano, chaval —dijo riendo el padre a Matías—, que ese galimatías no hay quien lo entienda, hombre!

Matías, claro, le comprendió todavía menos; pero suponiendo, más o menos, lo que decía se rió también.

Antonio explicó:

—Que quedé el segundo en salto de longitud, el tercero en salto de altura y... el primero, ¡el primero de todos!, en los setenta y cinco metros lisos.

Luego contó también que, después de los campeonatos, le habían hecho fotos y, más tarde, había contestado preguntas de un reportero y fueron invitados en un restaurante.

La madre y el padre se echaron a reír de alegría. El padre abrazó también a Matías, y le decía en alemán algo como:

—Esta noche cenar tú aquí. Celebrar con nosotros la cosa de Antonio —bueno, un poco peor dicho aún, pero con cariño. Y Matías lo entendió, que era de lo que se trataba.

La madre sin embargo hizo enseguida una señal a su marido con los ojos. Los subió primero hacia arriba y los bajó después mirando hacia un lado, e inclinó también la cabeza, señalando en dirección a la casa de la señora *Tag.* Luego dijo a Antonio:

—Dile a Matías que baje primero a su casa porque su madre estará ya intranquila. Y que después, si ella está de acuerdo, suba a cenar con nosotros.

Efectivamente, el nombre de Antonio salió en los periódicos y también una fotografía en la que estaba él, aunque no le pudiese reconocer más que el que ya lo sabía. Su madre encargó sacar varias fotocopias de aquella parte del diario para mandarlas a España. Quería que toda la familia en Madrid, en Barcelona, en Bilbao, en Sevilla y en Badajoz, le vieran bajo una cruz con bolígrafo azul y leyeran Antonio Gómez Peña, nada menos que tres veces, rodeado de palabras en un idioma desconocido para ellos.

Y, con esto, se le quitó una espina que desde tiempo atrás tenía: su cuñada, Oliva, de Barcelona, se había dado siempre mucha importancia porque un hijo suyo, Paquito, había salido una vez bien grande en el periódico. Aunque el motivo no era muy alegre. El pobre chiquillo tuvo parálisis infantil. Y una foto del sanatorio en el que se curaba apareció en el periódico. Estaba muy guapo, en primera fila, sentado en una silla de ruedas tomando el sol. Gracias a Dios, Paquito estaba ahora curado casi del todo.

Pero, a pesar de estar Francisca orgullosa del triunfo de su hijo, seguía con su cantinela de siempre:

—Lo importante son los estudios. La biología esa y el latín —decía la madre.

Matías estaba muy contento de no ser ya de los últimos y, con el éxito de Antonio, estaba casi tan animado como si hubiera sido el suyo propio.

VISITA AL SEÑOR BAUMANN

Ayer fui a ver al señor Baumann —contó la señora Walter a Antonio—. Me preguntó por ti y le dije lo de los campeonatos. Se puso muy contento. Yo creo que se alegraría si fueses a verle. ¿No quieres venir un día conmigo?

—¿Está todavía en la UCI? —preguntó Antonio, a su vez, tratando de disimular el terror que sentía.

La Unidad de Cuidados Intensivos le daba mucho respingo. La conocía bien por la tele.

Aquellas botellitas colgando en el aire; aquellas camas rodeadas de tubos, que entraban en el cuerpo del paciente por aquí, por allá… un monitor detrás con unas líneas incomprensibles; pero que, cuando el criminal llegaba y cortaba uno de los tubos, aparecían primero unas gráficas excitadas; después, una línea casi recta con sólo piquitos muy pequeños, y luego, piii… Y silencio total al fin: el señor de la cama se había ido para el otro barrio.

Pero la señora Walter contestó:

—No, está ya en una habitación normal. Le va mucho mejor.

*   *   *

Dos tardes después, Antonio fue a visitarle. La madre le había dado dinero para que le comprase unas flores.

—Bien bonitas, ¿me oyes? Que el señor ese se lo merece todo por lo bueno que siempre ha sido contigo.

Cogieron un autobús. Después cambiaron a otro y, tras caminar un ratito, llegaron a la clínica, que estaba en la parte alta, al otro lado de la ciudad.

En la amplia sala de la recepción se veían algunas camillas y hombres y mujeres, vestidos de blanco. Les indicaron el ascensor para subir al segundo piso, donde estaba el señor Baumann.

Los pasillos eran largos y muy anchos, con linóleo brillante en el suelo. En el centro, un reloj sin números ni rayas daba la impresión de que no se movían sus manecillas. A ambos lados estaban las habitaciones con números en las puertas, tras las cuales Antonio podía imaginar muchas tristes historias. Se respiraba ese olor de los hospitales, una mezcla de éter y de desinfectantes.

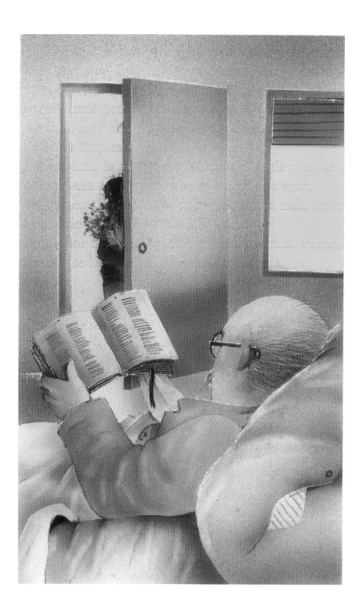

El señor Baumann tenía para él solo una habitación. La señora Walter llamó con los nudillos a la puerta, mientras Antonio sentía fuertes los latidos del corazón.

La habitación era bastante grande y por su amplia ventana entraba mucho sol. Sobre la mesilla, al lado de la cama, había una radio y un teléfono.

Cuando llegaron, el señor Baumann estaba leyendo un libro. En cuanto les vio lo dejó a un lado y su cara se animó.

Antonio le dio la mano y, después de la pregunta "¿Cómo está usted?", no se le ocurrió decir nada más.

A veces, estando solo en su cuarto, Antonio había sentido y pensado cosas que, seguramente, al señor Baumann le hubieran alegrado oír. Pero ahora no se las podía decir. Incluso le parecía el pobre señor alguien un poco extraño.

—¡Qué flores tan bonitas me has comprado, Antonio! —dijo amablemente el señor Baumann.

—Mi madre me dio el dinero —contestó el chico, que no quería adornarse con plumas ajenas. Y su voz sonó un poco brusca. Luego el señor Baumann comenzó a charlar con la señora Walter.

Más tarde dijo a Antonio:

—Enhorabuena por el éxito en el campeonato. Fue estupendo —y luego con voz débil—: ya lo celebraremos, ya lo celebraremos…

Antonio notó que al señor Baumann se le habían humedecido los ojos, y entonces se sintió violento y miró hacia otro lado. No se le ocurrió darle las gracias por lo bien que les había entrenado ni le dijo que sin él no hubiese tenido tanto éxito. La verdad es que, a Antonio, se le ocurrió decir bien poco aquel día.

El señor Baumann había pensado últimamente en Antonio. "¿Puede importarle a un chico lo que a mí me pasa? Los niños miran sólo para sí. Son egoístas y no se les puede tomar a mal. Es algo natural. ¿Qué me importaban a mí de chico los viejos? Los viejos eran entonces, para mí, algo aparte. Claro que a mi abuela sí que la quería mucho, es verdad. De eso me acuerdo todavía muy bien. ¿Quién sabe? A lo mejor Antonio hasta me quiere un poco."

Pero ahora, tras la visita, pensaba: "¡Ilusiones, tontas ilusiones! Uno quiere agarrarse a lo poco que le queda, ¡qué remedio!, pero ilusiones, sólo ilusiones".

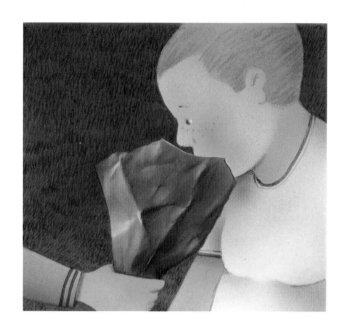

TRAS LAS REJAS DEL ZOO

Andreas, quién sabe por qué razón, era un chico que disfrutaba haciendo sufrir a los otros. Varias veces la había tomado con Matías: inflaba los carrillos e imitaba el andar un poco torpe del gordito. También, en una ocasión después de una carrera, le había entregado un cucurucho.

—Toma, como premio. A lo mejor a ése le ganas. Con mucha suerte, ¿eh? a lo mejor —le dijo riendo. En el cucurucho había un caracol.

Siempre había algunos que reían las gracias de Andreas. También a Antonio le había soltado alguna desvergüenza por ser extranjero; pero de esto hacía ya mucho tiempo. Antonio era ahora muy popular en el colegio.

En el último Festival del Deporte, Matías, bien entrenado por el señor Baumann y también por Antonio, quedó incluso dos puestos delante de Andreas, que nunca había sido un gran deportista. Y entonces Antonio no pudo resistir la tentación de decirle:

—¡Ahora eres tú el que necesita suerte para ganar al caracol!

—¡Tú, espagueti de la m…! —gritó Andreas, furioso, sin ocurrírsele insulto mejor.

A Antonio no le importó. Los espaguetis eran los italianos…

Se rió y, dando media vuelta, dijo:

—¡Caracol, saca los cuernos al sol!

Dos días más tarde, Antonio y Matías volvían pacíficamente del instituto, chupando cada uno un caramelo, cuando, al dar la vuelta a una esquina, les asaltaron Andreas y tres de sus amigotes.

Ponían todos los dedos separados delante de las narices y saltaban riendo:

—¡Uuu, uu, uu, uuu!

Antonio no se dio cuenta de lo que significaba aquello.

Matías, en cambio, se puso rojo.

—Andad, dejadnos pasar, que tenemos prisa —les pidió Antonio.

—¡Uuuu! —Andreas y sus acompañantes seguían saltando y riendo, mientras les empujaban un poco, ce-

rrándoles el paso. Ahora, con las manos cerradas en puño, imitaban esfuerzos como si quisieran romper unas rejas imaginarias.

—¿Qué os pasa? ¿Es que sois chimpancés y estáis tras las rejas del zoo? —preguntó, con burla, Antonio, sin darse todavía cuenta de lo que significaba aquello.

—No, tras las rejas no estamos nosotros. Tras las rejas están otros —dijo Andreas con una sonrisa malísima.

Antonio cayó entonces en la cuenta. La sangre se le subió a la cabeza y, al mismo tiempo, sin pensarlo, su brazo y su puño se pusieron en movimiento en busca de las narices gordas de Andreas. Fue fuerte el puñetazo. Los amigotes se lanzaron sobre Antonio y, entonces, Matías comenzó a soltar morradas, defendiendo a su amigo. Daba, daba y daba y no le importaba las que

recibía. Estaba como loco. Nunca se había visto así al pacífico y un poco cobardica Matías. Luchaba como un verdadero jabato.

Pero la cosa –eran cuatro contra dos– no hubiese terminado bien para Antonio y Matías si no hubiera pasado por allí otro grupo de chicos entre los que estaba Günter.

Günter intervenía solamente en las luchas cuando lo que pasaba no era del todo limpio y siempre a favor de los mas débiles. Günter tenía una gran fuerza moral. En bastantes casos, no le hubiese servido de gran cosa, si no fuera alto y fuerte como un castillo y tuviese, además, una enorme fuerza física.

Günter se metió entre los contrincantes y comenzó a separarles. Abriendo los brazos, les empujaba en direcciones contrarias.

Al estar separados, cada uno empezó a sentir los golpes que había recibido durante la pelea, y llevaba sus manos a las partes doloridas. En el fondo, todos estaban contentos de que Günter los hubiera separado. De otra manera, habrían terminado con más desperfectos todavía.

Andreas, sangrando por las narices, estaba furioso y tenía ganas aún de golpear, pero ganas de recibir más golpes ya no tenía.

Antonio no notaba aún los puñetazos en el pecho ni en la espalda, ni siquiera el dolor de las patadas en la espinilla, porque lo que al pobre le preocupaba era el roto que tenía en el anorak. Un trozo de tela se había ido con el botón durante la lucha. ¡Cómo se iba a poner su madre!

Con miedo llegó a casa; pero Francisca era muy noble y, cuando le contó la causa de la pelea, se puso de parte de Matías y de Antonio. No le riñó, al revés:

—Se tiene un amigo o no se tiene, ¡sí señor! Y si se tiene, se le defiende, ¡ea! Hiciste bien, Antonio. Mira que burlarse de alguien en la desgracia... Los hay cochinos...

LA PAZ DEL BOSQUE

El señor Baumann ya no estaba en el hospital, pero tampoco había vuelto a su casa. Le habían trasladado a una residencia de ancianos para que se repusiera.

—Pero si el señor Baumann no es viejo —dijo Antonio un tanto ofendido, cuando la señora Walter se lo contó.

—Los hay más, los hay más —la viuda se reía—. Yo, por ejemplo, tengo ya setenta y cinco, Antonio —a la señora Walter le gustaba mucho decir su edad para que la gente se asustara y dijese: "No le hubiera echado a usted más de sesenta y ocho. En serio, de ninguna manera", y se quedaba entonces muy ufana, porque, de verdad, se encontraba bastante bien y estaba todavía muy ágil.

Wer rastet, der rostet (Quien está quieto, se oxida), era el lema de la señora Walter. Por eso, ella estaba siempre en movimiento, de acá para allá, subiendo y bajando sin pereza alguna los ochenta y tantos escalones a su quinto piso.

—Si quieres, puedes venir conmigo a ver al señor Baumann, cuando vaya otra vez —le dijo a Antonio.

✳ ✳ ✳

La residencia de ancianos no estaba lejos. Se encontraba sobre una colina, bastante cerca del campo de deporte donde Antonio solía entrenarse.

La señora Walter subía deprisa la cuesta para demostrar así su buena forma física. Pero, poco a poco, tuvo que dejar de hablar y, al llegar arriba, aunque lo disimulaba se le notaba el esfuerzo al respirar.

La residencia tenía un bonito parque alrededor y, dentro del edificio, estaba todo muy limpio y en orden.

Los que no estaban tan en orden eran algunos viejos, que andaban por allí arrastrándose, despelurciados y tristes. Entre ellos había dos monjitas, que les trataban bien, aunque un poco como a niños pequeños.

La señora Walter preguntó por el señor Baumann y le dijeron que probablemente estaría leyendo en la biblioteca, donde solía pasar mucho tiempo.

Efectivamente, allí le encontraron. Un señor y una señora leían también en otras mesas.

Cuando el señor Baumann los vio, se levantó enseguida y, los tres juntos, se fueron a una pequeña sala un poco oscura en la que podían estar solos.

No tenía mal aspecto el señor, pero parecía triste. Les contó que los de Lübeck habían ido a verle y le aconsejaron que se quedase a vivir allí. Repetía las palabras de su nuera: "Mira, abuelo, aquí estás bien atendido y si te pasa algo" al repetir ese *algo*, el señor Baumann se sonreía tristemente "te atenderán bien. Nosotros, ya lo sabes, desde tan lejos, no podemos venir".

—¿Es que no va a volver usted a su casa? —preguntó entonces Antonio, alarmado.

—No sé, Antonio, no sé. ¿A ti qué te parece?

Antonio tampoco supo decir aquella vez que le iba a echar mucho de menos. Sólo se le ocurrió decir:

—Esto no está mal, pero hay demasiados viejos… Ésa es la pega.

El señor y la señora se rieron.

El señor Baumann contó luego algunas historias de la residencia. El jueves pasado habían tenido una gran fiesta. La Superiora cumplía sesenta años. Les dieron una buena comida y, por la tarde, vinieron jóvenes de la ciudad a representar una obra de teatro para ellos. Por la noche, hubo baile con orquesta y todo. Y, en la fiesta, destacó, al parecer, una parejita con muchas ganas de bailar y de divertirse. Aunque viejos, estaban los dos en muy buena forma todavía. Pero la cosa terminó mal. Al parecer el señor había besado a la señora con gran escándalo y disgusto de las monjas.

Se veía que a la señora Walter le divertía y gustaba mucho aquella historia:

—¿Por qué no? El corazón es siempre joven —decía—. Los viejos necesitamos también cariño…

Antonio quiso explicarlo:

—Es que a las monjas no les gusta nada eso de los besos —dijo—. A una amiga de una prima mía en España la echaron del colegio, porque la vieron besarse con un chaval. Sólo besarse, ¿eh?

—Y ¿qué edad tenía la amiga de tu prima? —preguntó el señor Baumann.

—No sé bien; trece, creo.

—La pareja de aquí pasa de los setenta cada uno. A esa edad, creo yo, se tiene que saber lo que se hace y, sin embargo, ya lo ves, Antonio, como a chiquillos. Otra vez como a chiquillos…

LA REBELIÓN DE LOS VIEJOS
Y LOS OSITOS DE GOMA

Pasaron varios días. Antonio seguía acordándose bastante poco del señor Baumann. Una tarde, sin embargo, después de haberse entrenado en el campo de fútbol vio allá arriba la residencia de ancianos y, de pronto, tuvo ganas de volver a verle. Sin pensarlo mucho, comenzó a caminar en la dirección que indicaba la flecha: *A La paz del bosque, residencia de ancianos.*

En el camino se le ocurrió que estaría bien llevarle algún regalo; pero sabía que en la cartera tenía sólo un marco con veinticinco, que era lo que le quedaba de los dos marcos cincuenta que le daban a la semana en casa para sus gastos. Al pasar por un pequeño quiosco, tuvo una idea: ¡Ah, sí!, para eso tenía bastante, le compraría ositos de goma, que al señor Baumann también le gustaban. Guardó el pequeño cucurucho blanco con estrellitas azules en el bolsillo de su pantalón vaquero.

Entró al parque por el gran portón de hierro. Hacía una tarde hermosa y muchas rosas rojas florecían entre el césped cuidado y verde. En los bancos estaban sentados algunos señores y señoras que tenían buen aspecto. Al acercarse a la puerta de la residencia, Antonio pensó que le iba a dar apuro preguntar en recepción por el señor Baumann. De pronto, encontraba absurda su idea de venir y tenía ganas de darse la vuelta. A lo mejor no era la hora de visita y hasta le trataban mal. Pero entonces descubrió al señor Baumann, sentado en un banco un poco apartado. A su lado estaba un señor bastante joven. Antonio le conocía porque en uno de sus paseos, se había parado a charlar con él. Justamente en aquel momento estaban despidiéndose. Antonio esperó un poco y, cuando el joven se fue, se acercó.

—¡Buenas tardes! —saludó.

El señor Baumann se alegró al verle. Y lo hizo de una manera que Antonio sintió alegría también. Pero luego preguntó con gesto preocupado:

—Antonio, ¿cómo vienes? ¿Es que ha pasado algo?

—No —contestó el chico. Y como disculpándose, añadió—: me acordé de usted porque estuve entrenando ahí abajo —y, para demostrarlo, Antonio balanceó su bolsa azul de deporte a la vez que señalaba con la mirada el campo de fútbol.

—¿No te dijo nadie que vinieses?

—No. Esta vez, no.

Por el camino de abajo, vieron llegar una familia muy peripuesta. Traían un hermoso ramo de flores. Al acercarse a donde ellos estaban, lo pusieron en las manos del niño más pequeño. Era un niño bastante repugnante, de rizos rubios, calcetines blancos y zapatos de charol. Con cara de mimado, además. Se detuvieron todos delante del banco frente al suyo.

—Feliz cumpleaños, abuelita —dijo el niño empujado por su madre, con voz y gesto aburrido, a una señora que estaba sentada allí haciendo ganchillo.

La señora, que no les había visto llegar, dio gritos de sorpresa y alegría y repartió besos aquí y allá. Después, las voces se fueron apaciguando y la familia, con su abuelita, se fue alejando en dirección al edificio de la residencia.

Antonio metió la mano en el bolsillo de su pantalón y tocó los contornos del paquete con los ositos de goma; pero no se atrevió a dárselos al señor Baumann. Después de ver las preciosas flores de los otros, no iban a parecerle gran cosa, desde luego.

* * *

Al principio, los dos hablaron de esas cosas que se hablan por no quedarse callados y que, en realidad, a nadie interesan lo más mínimo. Pero, poco a poco, empezaron a soltarse, a hablar de forma más natural y con mayor confianza, y terminaron como amigos que se entienden bien y que están muy a gusto juntos.

Aquella tarde, al fin, Antonio y el señor Baumann charlaron como en los viejos tiempos e inventaron incluso su historia de suspense. Esta historia fue distinta de las de otras veces, porque tuvo un escenario y unos personajes reales.

Su escenario fue, por un lado, la casa de ancianos "La paz del bosque" y, por el otro, las ruinas de un castillo que se veían desde allí.

A los protagonistas los escogieron entre los viejos que andaban por el jardín.

Uno de ellos fue un señor delgadito y limpio, pero no muy seguro al caminar y con la cabeza un poco temblorosa.

El segundo protagonista era bastante grueso y con una enorme calva: no tenía ni un solo pelo.

Y la tercera, la dama de la pandilla, una señora gorda, muy gorda, que andaba torpemente.

Al principio, la historia fue saliendo con facilidad:

"Cansados los viejos de 'La paz del bosque' de su vida aburrida y monótona –siempre con el mismo orden, todos los días a igual ritmo–, decidieron salir una noche en busca de aventuras.

"Cerca de la residencia, sobre otra colina también, se alzaban las ruinas de un antiguo castillo. Y en noches oscuras y sin luna, algunos ancianos habían creído ver luces extrañas y blancas siluetas que aparecían

y desaparecían entre las piedras. Y, por ello, quisieron saber qué sucedía allí.

"En el transcurso de la aventura, los viejos desarrollaban fuerzas y habilidades increíbles. Para salir, lograban burlar la vigilancia de las monjas descendiendo por sábanas desde sus balcones. Luego trepaban por la verja del jardín y, ya ante el castillo, atravesaban sobre una estrecha tabla el foso que lo rodeaba. Sólo el señor calvo se creyó más ágil que sus compañeros y, al intentar salvarlo de un salto, cayó en él. El señor delgadito tuvo que luchar más tarde con su bastón contra la espada de uno de los caballeros que habitaban en el castillo y lo hizo con tal habilidad que logró vencerle y desarmarle.

"Pero cuando volvía, triunfante, a reunirse con la dama, se vio de pronto rodeado de fantasmas que iban

estrechándole el círculo y aproximándose cada vez más. Más cada vez."

Y fue entonces cuando Antonio y el señor Baumann se encontraron en un callejón sin salida.

¿Cómo se podría librar el señor delgadito del cerco de las blancas siluetas? Pasaron unos momentos de gran peligro para el pobre señor. Pero entonces el señor Baumann se acordó del de la calva, que había caído en el foso. Y ya pudo continuar:

—Verás, verás, Antonio —dijo—: De pronto algo apareció tras la muralla. Algo reluciente y redondo: era la hermosa calva brillante del señor que, al fin, había conseguido salir del foso. La señora gorda dirigió hacia allí la luz de su linterna. Y fantasmas y espíritus, creyendo que, por un milagro, la luna llena asomaba y les ponía al descubierto, huyeron despavoridos. Los espíritus se fueron a sus tumbas; y los fantasmas se dispersaron en distintas direcciones.

La sorpresa final la inventó Antonio.

—A uno de los fantasmas que en las noches oscuras correteaban por las ruinas se le cayó, en la precipitada huida, la sábana y era... ¡la Superiora de las monjas!

Antonio se quedó muy contento de su idea.

Le tenía mucha rabia porque, cuando los viejos se besaron, había dicho al parecer: "¡Mira que darme este disgusto el día de mi cumpleaños...!"

El señor Baumann y Antonio se divirtieron mucho inventando su disparatada historia. Se levantaban, a veces, para representar mejor lo que contaban. Antonio, por ejemplo, trepó en el banco, del asiento al respaldo, imitando una escalada y, con los brazos en cruz,

se balanceaba como si estuviese sobre la tabla estrecha y poco segura que atravesaba el foso.

El señor Baumann, por su parte, hizo también movimientos de esgrima con su bastón, que le salieron de maravilla. A veces, tenían que dejar la historia o bajar mucho la voz porque alguien se acercaba. Con el final se rieron los dos a carcajadas. Algunos ancianos que pasaban se sonreían; otros meneaban la cabeza como diciendo: "se necesita estar loco para ser viejo y reírse encima…"

Pero lo mejor fue cuando la Superiora pasó por allí:

—¡Vaya, vaya, parece que tenemos buen humor! —dijo con voz de reproche.

Les costó esfuerzos a los dos contener la risa; pero, en cuanto se alejó, empezaron a reírse con tantas ganas que el señor Baumann terminó tosiendo y Antonio tuvo que golpearle la espalda para que se le pasara.

Sin embargo, luego sucedió algo que les dio pena a los dos. Vieron al viejecito de la historia, que volvía de su paseo.

Antonio, que le había visto en su fantasía con tanta claridad moverse ágilmente, luchar con destreza empuñando el bastón, subir de tres en tres la escalera de caracol del castillo, se extrañó de que siguiese con paso inseguro y vacilante, moviendo la cabeza temblorosa en un continuo decir a todo que no.

* * *

Había comenzado a oscurecer.

Antonio debía volver ya a casa. El señor Baumann le acompañó hacia la salida y entonces Antonio se acordó otra vez de su regalo.

—Le he traído algo —se atrevió, al fin, a decir.

Metió la mano en el bolsillo del pantalón y sacó el paquete, ya algo arrugado, con los ositos de goma.

—Tome —dijo.

El señor Baumann lo abrió y se sonrió.

—Me quedaba sólo un marco veinticinco del *Taschengeld* (la paga de la semana) —explicó Antonio, disculpándose.

—Y te lo gastaste todo para mí —el señor Baumann hizo una pausa, pensativo. Luego dijo—: ¡Ay,

Antonio, Antonio! No sabes la alegría que me has dado con tu visita y con tus *Gummibarchen*. Tú no lo sabes, tú no lo puedes saber —y le abrazó.

Pero, ¿qué le pasaba a Antonio? Sus ojos se ponían calientes y se humedecían. Antonio estaba casi llorando y era, a la vez, muy feliz. Era una felicidad distinta; estaba todavía más contento que cuando metía un gol.

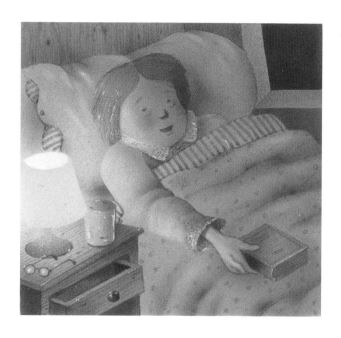

JUERGA EN LA CASA

La señora Walter cayó enferma. El médico que fue a verla dijo no tenía mucha importancia y que, además, la señora era fuerte como un toro y que tenía un corazón que muchos de cuarenta años lo quisieran.

Pero la viuda estaba muy disgustada porque no podía ir a visitar al señor Baumann ni atender a Silvia, la hermana chiquitina de Antonio.

—Llevaba más de cinco años sin tener que hacer otra cosa que ponerme enferma y tenía que pasarme precisamente ahora —decía.

Lo de Silvia no resultó, al fin y al cabo, un gran problema, porque sus hermanos tenían vacaciones y podían ocuparse de ella, mientras su madre estaba en el trabajo.

Y cuidaban también un poco a la señora Walter. Le llevaban las medicinas, le hacían la compra y hasta le prepararon alguna cosa: un caldo, una tortilla francesa, una taza de café…

—¡Ay, niñines! ¡Qué sería de mí sin vosotros! —decía la señora Walter, agradecida.

Y Antonio y su hermana Isabel se sentían orgullosos.

—Yo creo que cuando se ponga otra vez buena, no nos va a reñir —decía Isa contenta.

Antonio no se hacía demasiadas ilusiones, porque en cuanto se le quitó la fiebre, comenzó a hacer preguntas del tipo:

—¿Colocasteis ya las tazas bajo el agua del fregadero?

* * *

En aquellos días Antonio volvió a visitar al señor Baumann y Matías quiso ir con él.

Esta vez no se quedaron en la residencia. Los tres juntos salieron un poco de paseo y merendaron en un café del bosque.

Al saber el señor Baumann que la señora Walter estaba enferma se interesó mucho por ella y luego, de vuelta a la residencia, le escribió unas líneas que los chicos debían darle.

Cuando la viuda las leyó, se puso muy contenta.

Después escribió ella una carta que Antonio había de llevar al señor Baumann en su próxima visita.

Y ésta fue la última excursión que Antonio hizo a *La paz del bosque* porque el señor Baumann iba a volver a su casa.

La señora Walter, sana y repuesta, andaba atareada poniendo las cosas en orden.

Y Francisca, para celebrar el regreso del señor Baumann, hizo una hermosa tarta. Era la tarta preferida para el santo de don Enrique. De bizcocho, con tres pisos: en el primero crema de chocolate, en el segundo de vainilla y en el tercero crema de moca. Adornada con merengue, nata y cerecitas. Una verdadera preciosidad.

—¡Huy! —dijeron Antonio e Isa, maravillados, cuando estuvo terminada. Y la chiquitina saltaba contenta alrededor.

* * *

Matías y Antonio se pasaron la tarde anterior haciendo un cartel que, rodeado de una guirnalda de flores pintada con acuarelas de alegres colores, decía:

¡Bienvenido a su casa,
señor Baumann!

Con dos corazones: uno al principio; otro al final.

Y, al día siguiente, Antonio fue el encargado de ir a buscarle a la residencia con un taxi.

Cuando los dos subían la escalera de la casa, olía muy bien a café. La viuda había preparado una mesa con mantel y servicio muy bonitos. Y, en el centro, estaban la tarta de la Francisca y unas flores.

Al terminar la merienda, estaban todos muy contentos.

Francisca subió a su piso a buscar un disco de sevillanas y las quiso bailar con Isa; pero a la pequeña le daba vergüenza y Antonio hubiera querido esconderse debajo de la mesa. Sin embargo, cuando su madre decidió bailar sola y vieron que a los demás les gustaba e incluso palmoteaban, alegres, bailó Isa también y Antonio se animó.

De pronto:

—¡Dios mío! No me daba cuenta. ¡Qué jaleo estamos armando! —dijo, asustada, Francisca.

—¿Y qué? —contestó, tan fresca, la señora Walter—. Gracias a Dios que en esta casa hay por fin un poco de vida. Si parecía una casa de muertos... —y

tras una pausa, añadió—: Para estar callados ya tendremos tiempo ahí —y señaló en dirección al cementerio, que se divisaba desde la ventana.

La señora Walter se levantó y, con los brazos en alto, dio unos pasos y media vuelta al compás de la música. Luego se sentó; los demás aplaudían riendo.

Algunos vecinos se asomaron a la puerta de sus casas y, sin hacer ruido, subieron o bajaron algunas escaleras para averiguar de dónde venía el ruido. Y, al darse cuenta de que procedía de la casa del serio y respetado señor Baumann, volvieron a sus silenciosas viviendas sin decir palabra.

Dos días más tarde, la familia de Antonio estaba preparando el equipaje y arreglando las cosas para irse de vacaciones a España. Había mucho movimiento en la casa. Matías andaba por allí también y Francisca le utilizaba para hacer algunas cosas. Matías estaba dispuesto a ayudar con tal de poder pasar con Antonio la última tarde. Estaba triste. Esta vez era él quien tenía que quedarse en casa. Antonio le consolaba como podía.

—No te preocupes, ya verás como pronto vamos a estar de vuelta. Y en cuanto lleguemos a Barcelona a casa de mis tíos, te mando una postal bien bonita de la playa. Y, además, voy a traerte un regalo, que para eso me cuidas los peces.

El pequeño acuario de Antonio estaba ya en casa de Matías. La señora *Tag* no se había opuesto. Al revés. En el fondo estaba contenta de poder hacer a Antonio este favor. Desde algún tiempo, aunque con reservas, había comenzado a querer al chico. El día de la pelea con Andreas, incluso le dijo a su hijo:

—Amigo como éste no lo tuviste nunca, Matías. Amigos son los que no le abandonan a uno en la desgracia. Entonces se sabe si se tiene o no un amigo. De eso sé yo bastante…

A Antonio, sin embargo, no le había dicho nada: "Mejor andar con cuidado" pensaba. "No vaya a ser que se tome entonces demasiadas confianzas." Y continuaba inexpresiva con el chico.

* * *

Cuando Antonio regresó supo la novedad: el señor Baumann y la señora Walter se casaban.

Ya se había imaginado él algo, porque en la merienda que hubo la tarde de su regreso, el señor Baumann no la llamaba señora Walter, sino Ellen. Y ella a él, nada de señor Baumann; Hans solamente. Y se notaba que a los dos les hacía ilusión hablarse de esta manera.

La señora Walter había admirado siempre al señor Baumann: "Es un sabio", contaba a sus conocidos, "el libro que no haya leído ese hombre. Y un santo, un santo además".

De la señora Walter, en cambio, no se podía decir que leyese mucho. Aunque leer, sí que leía. Estaba suscrita al periódico local y a dos revistas y por eso estaba muy al tanto de lo que pasaba a la princesa Carolina de Mónaco, a su hermana Estefanía y muy interesada también por la familia del príncipe Carlos.

Pero lo que el señor Baumann había comenzado a admirar en la señora era su buen corazón, su energía y su ánimo. A pesar de ser tres años mayor que él, veía aún la vida con ilusión y esperanza. Después de su enfermedad, si no hubiese tenido las visitas de la señora Walter y el cariño de Antonio, al señor Baumann le habría faltado la fuerza para seguir viviendo. En cambio, ahora tenía alguien que le decía por ejemplo:

—No me pongas esa cara de cenizo, Hans. La vida puede ser todavía alegre. Mira como brilla el sol, qué maravillosas están las flores del balcón, cómo cantan los pájaros. Y tú ahí con esa cara… No hay derecho.

Por eso, y también porque ya no tenía que comenzar y terminar el día solo, completamente solo, el señor Baumann estaba más animado. A veces, hasta contento. Un día Antonio le oyó incluso silbar.

Pero la que sí estaba contentísima era la señora Walter.

—Ayer cantaba como un jilguero —decía Francisca riendo.

Antonio, sin embargo, que no podía darse cuenta todavía de algunas cosas, no estaba del todo tranquilo. Y un día dijo al señor Baumann:

—Tiene que tener usted un poco de cuidado. ¡Es muy mandona!

El señor Baumann se rió:

—No creas, ya me he dado cuenta, Antonio. Pero casi todas las mujeres son así, unas de una manera, otras de otra… Y, además, muchas veces no mandan mal. Mi primera mujer lo era también y tenía un corazón de oro, sin embargo…

—No, eso sí —concedió Antonio—. La señora Walter buena sí que es. Con Silvia sobre todo. Pero con Isa y conmigo... Aunque ahora, la verdad, está bastante más "mansica".

—No te preocupes, Antonio. Yo sé bien cómo llevarla. Ya nos las arreglaremos tú y yo juntos.

LA CIUDAD SOBRE EL MAR

Pero faltaba todavía otra sorpresa. Una sorpresa que iba a dar una gran alegría a Matías y a Antonio.

Una tarde en que los chicos estaban en casa, el señor Baumann comenzó a hablar:

—¿Te acuerdas, Antonio, de Dubrovnik, aquella ciudad maravillosa, importante antiguo puerto de mar, de la que te hablé alguna vez?

Antonio se acordaba muy bien.

—Yo estuve allí —continuó— hace ya mucho tiempo. Fue el año que me casé; pero he oído que la parte antigua se ha conservado toda como estaba. Verás, Matías: la ciudad está cercada de murallas y estas murallas están levantadas sobre el mar. Un mar limpio, tranquilo y azul. Por encima de ellas se puede pasear, contemplando de un lado la ciudad desde lo alto, y del otro el mar y sus islas.

Al centro de la ciudad se llega solamente a través de dos pequeños arcos, abiertos en la muralla. Y allí no hay tráfico alguno. La calle principal, un antiguo canal, tiene el suelo de mármol y, a ambos lados suben estrechas callejuelas, escalonadas algunas.

En la voz del señor Baumann se podría notar un pequeño temblor. Porque aquella vez no contaba estas cosas sólo por contar… Las contaba por otra razón y así fue:

—A Dubrovnik queremos hacer Ellen –la señora Walter– y yo un viaje en avión. Será nuestro viaje de novios, de novios viejos —el señor Baumann se sonrió—. Y hemos pensado que este viaje será mucho más alegre si nos acompañáis vosotros. ¿Os acordáis de que aún no hemos celebrado el éxito del Festival? Así podremos celebrarlo juntos. Iremos en octubre, durante vuestras vacaciones de otoño. En ese mes no hay demasiada gente, pero el sol calienta aún con fuerza y hasta os podréis bañar en el mar. ¿Qué? ¿Os gustaría venir?

Antonio y Matías se miraron. Respiraron fuerte y Antonio se mordió el labio de abajo.

Los ojos de los dos brillaban como cuando se está muy contento.

* * *

A pesar de que se habían propuesto ser felices, el señor y la señora Baumann no podían remediar que, de vez en cuando, pasasen por su cabeza –con setenta y tantos años suele ocurrir así– ideas oscuras, ideas tristes. Y entonces pensaban:

—Primero vamos a hacer el viaje con los chicos a la ciudad sobre el mar.

Y después, después…

¡Ya discurrirían otras cosas bonitas en que poder pensar!